Kunsten at forføre en bibliotekar

Hæfte 3

Bente og Suzzie

Kunsten at forføre en bibliotekar

Hæfte 3

Bente og Suzzie

Beta-udgave i begrænset oplag

Work in Progress

Af Henrik Neergaard

FSC
www.fsc.org
MIX
Papir fra ansvarlige kilder
Paper from responsible sources
FSC® C105338

Kunsten at forføre en bibliotekar.

Hæfte 3 – Bente og Suzzie.

Betaudgave – Work in progress

Forlag: BoD · Books on Demand, Strandvejen 100,

2900 Hellerup, bod@bod.dk

Tryk: Libri Plureos GmbH, Friedensallee 273,

22763 Hamborg, Tyskland

ISBN: 978-87-4305-862-5

Karl-Eriks datter

En dag kom der pludselig et brev fra Bentes onkel Karl-Erik, ham der boede i Dianalund på et hjem for handicappede. Han var nu den eneste af de tre brødre, der var tilbage efter at både hendes far og onkel Georg var borte. Bente havde nu aldrig haft særlig meget med Karl-Erik at gøre.

Brevet var ganske kort. Der stod blot, at han havde nogle af hendes fars ting stående, som jo egentlig tilkom hende, og så inviterede han hende til eftermiddagskaffe, hvor hun så kunne få dem med hjem.

Bente ringede til ham flere gange, men uden at få fat på ham. Så til sidst lagde hun blot en besked på hans telefonsvarer om at hun takkede ja til invitationen og gerne ville komme på den foreslåede dag.

Det var stadig vinter. Det vekslede mellem barfrost, sne og slud. Men den dag, da hun skulle ned at besøge Karl-Erik i Dianalund, så vejret ganske pænt ud. Det var et par graders frost med solskin. Der lå hverken sne eller is. Så hun besluttede at køre derned i bil i stedet for at tage toget. Der var jo de der ting af hendes fars, som hun skulle have med hjem. Hun vidste ikke, hvor meget de fyldte.

Turen derned gik fint. Hendes lille Nissan Micra drillede undertiden lidt.

Men den dag opførte den sig pænt. Den havde efterhånden nogle år på bagen. Det var faktisk hendes mors, som hun havde arvet efter hende. Den var omkring 15 år gammel.

Hun fandt stedet uden besvær og parkerede næsten lige uden for bostedet. Hun var i god tid. Ti minutter for tidligt. Hun gik indenfor og spurgte efter Karl-Erik. Han sad ved et bord i det hyggelige cafeteria sammen med en kvinde på Bentes alder. Men en helt anden type. Hold da op for en dulle, tænkte Bente. Stramtsiddende sorte læderbukser, leopardmønstrede knæstøvler og en matchende bluse. Store dinglende øreringe med en masse tingeltangel, ringe på alle fingrene, mindst ti smalle klirrende armbånd om hvert håndled. Og en meget kraftig makeup. Helt overdrevet, syntes Bente. Det eneste brud på stilen var, at hun hverken var ægte blondine eller afbleget. Hun havde den samme mellembrune hårfarve som Bente.

"Det er min datter," sagde Karl-Erik med et lidt skævt smil, som Bente var lidt usikker på, hvordan hun skulle tolke – var det stolthed eller forlegenhed?

De to kvinder gav hånd og præsenterede sig.

"Bente Andersen"

"Sussi Starlight"

"Du må hellere få mit visitkort også," sagde dullen, der altså hed Sussi – eller hvordan hun nu stavede det. Susy, måske?"

Hun fiskede en lille blank metal-tingest op af sine røde laktaske, der var påtrykt et mønster, der ledte tanken hen på sorte netstrømper. Metaltingesten lignede en mini-udgave af en af de der brødristere, hvor brødet selv popper op, når det er færdigristet. Nede i den lå der nogle visitkort, viste det sig. Susy trykkede på en knap, og et visitkort poppede op, ligesom en færdigristet skive brød. Hun overrakte kortet til Bente med en elegant håndbevægelse, der skulle understrege, hvor lange og røde hendes negle var.

"Daddy og jeg har lige været igennem den helt store forsoningskomsammen her for et par måneder siden, og nu forærer han mig alt muligt," sagde hun og blinkede overdrevent til ham.

Bente tog imod visitkortet og læste, hvad der stod. "Suzzie Starlait". Stavede hun det virkelig sådan, tænkte hun. Nå, det måtte hun selvfølgelig selv om. Og så stod der naturligvis adresse, telefonnummer og e-mail.

”Jeg har selv designet det. Er det ikke flot?” sagde Suzzie.

Det var i hvert fald særpræget – et, man lagde mærke til, tænkte Bente. S’et i Starlait var meget større end de andre bogstaver og formet som en neongrøn slange. De andre bogstaver i navnet stod i en bue med cirka en centimeter høje og ret smalle bogstaver. Hvert andet bogstav var trykt med en sort farve med lidt guldstænk i, og hvert andet med en kraftig neonpink. Ud over det hele var der med rund hånd drysset en masse småbitte gyldne stjerner.

Men nu rejste Suzzie sig og sagde, at det havde været hyggeligt at møde Bente, og at de måtte snakke sammen igen snart, for de havde sikkert en masse at snakke om, men desværre var hun nødt til at gå nu, fordi hun havde en aftale og allerede var sent på den. Hun sagde hurtigt farvel til Karl-Erik, samlede sine ting sammen og styrtede ud ad døren som en stormvind.

Bente var lidt i tvivl om, hvor meget hun skulle spørge Karl-Erik ud om Suzzie. Hun kendte ham jo næsten slet ikke og ville helst undgå pinlige situationer. Var det virkelig hans datter? I stedet spurgte hun Karl-Erik om de der ting af hendes fars, som han havde nævnt i brevet. Det viste sig, at det såmænd blot drejede sig om en lille rygsæk med nogle få af hendes fars ting i. Det var en, han havde haft med, da han besøgte en gammel studiekammerat på dennes ødegård et sted i Sverige, kort før den fatale bilulykke. Men besøget som vist i virkeligheden var en lille ferie, var blevet brat afbrudt, da hendes far var blevet kaldt hjem for at løse en hastesag i firmaet, og i skyndingen havde han ikke fået rygsækken med. Den var så blevet stående oppe på ødegården i Sverige lige indtil for nylig. Den var vist nærmest blevet glemt. Nu var den så kommet for en dag, og ødegårdens ejer havde fundet frem til Karl-Erik som en slægtning, han kunne sende den til.

Karl-Erik havde den faktisk stående ved siden af sin plads ved kaffebordet og overrakte den nu til Bente. Han havde kigget ganske kort i den, og kunne berolige hende med, at der i hvert fald ikke var noget gammelt tøj eller andre halvfordærvede ting i den.

Bente tog imod den, og sagde, at hun ville tage den med hjem. Men i virkeligheden var hun lidt skuffet over, at det bare var det.

Det var første gang, Bente havde mødt Suzzie. Og nu dæmrede der lidt om, hvem hun var. De var jo faktisk lidt i familie med hinanden. De var jo kusiner. Eller halvkusiner, hvis man skulle være helt nøjagtig. Bentes far og Suzzies far (som jo så faktisk måtte være Karl-Erik), var jo kun halvbrødre. Familien havde altid været meget opdelt mellem de tre halvbrødre, der var opvokset hver for sig og først havde lært hinanden at kende, da de næsten var voksne.

Det var ikke en familie, hvor man holdt store familiefester. De tre halvbrødre var meget forskellige og havde tit haft svært ved at være i stue sammen. Underligt at tænke på, at det nu kun var Karl-Erik, der var tilbage. Og så den der datter, Suzzie, som var det stik modsatte af alt, hvad hun selv havde kendt til, da hun voksede op. Den tredje af brødrene var

Georg. Han havde vist aldrig stiftet familie og havde ikke selv nogen børn.

Bente havde i løbet af sin opvækst hørt et og andet om Suzzie. Men havde hun ikke heddet noget andet dengang? Hvad pokker var det, hun hed, hende som hendes mor altid havde advaret hende imod, da hun var barn, og faktisk også senere hen. Familiens sorte får, især da hun blev teenager og i modsætning til Bente selv begyndte at skeje ud med både det ene og det andet. Hvad var det nu hun hed? Anne? Anette? Anne-Mette? Annika? Anette, var det vist. Jo, nu dukkede det frem. Hun måtte åbenbart have taget navneforandring til Suzzie senere. Men Anette var hende, hun blev advaret imod, og det var Karl-Eriks datter, havde hun fået at vide. Men hun var vist vokset op hos sin mor, der var kommet i uføre og var kommet ulykkeligt af dage. Bente havde aldrig mødt hende som barn eller ung, fordi hendes forældre ville holde hende væk fra den "dårlige" del af familien.

Det havde især hendes mor altid lagt stor vægt på. Frygtelige Anette, der engang midt i 80'erne var sprunget ud som punker med hanekam og mere eller mindre iturevet tøj, der var overmalet med alle de mest provokerende ord, hun kunne finde på, og ringe og sikkerhedsnåle alle vegne. Som 15-årig var hun droppet ud af skolen og var vist også løbet hjemmefra og fået arbejde som servitrice på et tvivlsomt værtshus ved at lyve sig ældre, end hun var. Bentes egne teenageår havde været helt anderledes.

Hendes mor havde fortalt mange skrækhistorier om Punker-Anette og hendes udskejelser som teenager. Det der værtshus var vist et ret kendt sted i den indre by i København. Altså ikke et sted, hvor hendes forældre nogensinde ville drømme om at sætte deres ben. Det var mere stedets tvivlsomme ry, det var blevet kendt for. Det var vist et sted, hvor der både kom en masse gamle drukkenbolte, men også en hel del kunstnere og mediefolk. Blandt nogle af dem blev det vist regnet for et af de trendy steder, hvor man syntes det var helt fint med en punker med stor hanekam og påklædning, der gerne måtte være både anderledes og udfordrende.

Bente og Suzzie var næsten jævnaldrende. Og Bentes mor havde op gennem Bentes barndom og især i teenageårene gang på gang brugt Suzzie – eller altså Anette, som hun hed den gang – som et skræmmebillede, som hun havde advaret hende mod at efterligne. Det havde den pæne, velopdragne 13-tals pige, som Bente var, nu heller ikke nogen planer om. Hun var nærmest lige så forskrækket over sådan nogle af Anettes slags som sin pæne gymnasielærermor. Utallige var de dystre historier, som hendes mor havde fortalt Bente om dette familiens sorte får.

Og nu havde hun altså endelig mødt hende. Vel nærmest ved et helt tilfælde. Hun var ked af, at Suzzie var taget af sted så hurtigt. De havde kun lige nået at hilse på hinanden. Hun vidste ikke rigtig, hvad hun skulle mene om hende. Hun kunne godt tænke sig at have talt lidt mere med hende, nu hvor hun endelig havde mødt hende. Måske ville Karl-Erik fortælle hende lidt mere om sin datter.

Men foreløbig var han optaget af en samtale med en af de andre beboere, der var kommet hen og havde sat sig ved bordet. Morten hed han åbenbart, for det havde hun flere gange hørt Karl-Erik kalde ham. Det lød som om det var noget med en fodboldturnering, som de diskuterede ivrigt. Det havde Bente ikke ret meget forstand på. så hun forholdt sig afventende. Hun ville ikke bryde ind i deres diskussion. Det var hun for pæn og kultiveret til. De kunne vel heller ikke blive ved med at sidde og tale om den slags hele dagen.

Men jo, det kunne de nu faktisk godt. Det blev tydeligere og tydeligere, efterhånden som dagen og aftenen skred frem. Altså, mænd og fodbold, tænkte hun. Da det blev tid til aftensmad, blev hun inviteret til at spise med, og det var hun selvfølgelig glad for. Hun var efterhånden blevet godt sulten, mens hun ventede på at komme til at snakke lidt mere med Karl-Erik. Men Morten og Karl-Erik fortsatte deres ivrige fodbolddiskussion, så det var umuligt at få et ord indført uden at virke uhøflig.

Efter en i øvrigt ganske udmærket aftensmad, blev hun tålmodigt siddende og ventede på at tale lidt fortroligt med Karl-Erik om Suzzie – og flere andre ting – nu hun for en gangs skyld havde lejlighed til det. Da klokken nærmede sig otte om aftenen, var hun tæt på at opgive det og bare køre hjem. Men så faldt hun i snak med en dame ved nabobordet, der lige som hende selv var en stor fan af Ngaio Marsh og P. D. James og deres kriminalromaner og havde læst dem alle sammen – så der var nok at tale om der. så inden længe var de lige så opslugt af at diskutere det, som de to mænd var af deres diskussion om en igangværende fodboldturnering og hvordan de forskellige hold klarede sig. Bente havde i mellemtiden sat sig over ved den anden kvindes bord. De drak aftenkaffe sammen og sludrede videre, så Bente helt glemte at holde øje med Karl-Erik og hans makker.

Pludselig var klokken blevet 23, og det var blevet sengetid for beboerne. Karl-Erik var allerede gået i seng, mens hun sad og sludrede med damen ved nabobordet, fik hun at vide. Så nu var det også tid for Bente til at komme hjemad. Hun tog hjertelig afsked med sin nye veninde. Så samlede hun sine ting sammen, inklusive sin fars gamle rygsæk, gav besked til en fra personalet om, at hun tog hjem, og begyndte at gå ud til sin bil.

Men nu ville Bente altså også gerne hjem. Det var blevet senere, end hun havde regnet med. Både Suzzie og Karl-Erik var pludselig blevet kaldt væk, eller skulle noget andet. Det havde været et temmelig forvirret besøg. Hun havde ikke fået snakket færdig med nogen af dem.

Vejret havde ændret sig. Det var blevet snestorm. Der lå allerede et tykt lag sne overalt, og det sneede stadig kraftigt. Nogle steder havde sneen samlet sig i store driver.

Hendes bil ville ikke starte. Den havde tit problemer med koldstart om vinteren. I en situation som denne her var det virkelig irriterende. Hun havde endda først måttet bruge lang tid på at rense forruden og bagruden for sne og is. Da det var ordnet, fik hun heldigvis hjælp af en venlig mand med et startkabel, og så kom den endelig i gang. Hun lod motoren køre i tomgang nogle minutter, indtil den gik jævnt.

Så begyndte hun forsigtigt at trille hjemad. Først da hun langsomt og forsigtigt havde kørt nogle kilometer, fik hun bilradioen til at virke. Den var der også tit problemer med. Nogle minutter efter, at hun endelig havde fået den til at virke, kom der nyheder. Snevejret havde lammet trafikken i store dele af landet, sagde de. Snemasserne havde lukket mange veje, og politiet frarådede unødvendig udkørsel. Mange busruter og nogle lokale jernbanelinjer havde indstillet driften.

Bente var helt stolt af, at det var lykkedes hende at manøvrere uden om nogle store snedriver uden at køre fast.

Et sted i den modsatte vejbane havde der faktisk holdt en personbil, der var kørt fast i en stor snedrive. Hun havde kun mødt en bil i den modgående retning, og det var en stor lastbil.

Hun var i tvivl om, hvad hun skulle. Hidtil var det jo gået meget godt, selv om hun kørte meget langsommere end normalt. Men måske havde hun bare været heldig. Hun måtte indrømme, at det så en hel del værre ud herude i det åbne land end det havde gjort, da hun startede inde i Dianalund.

Hun var netop nået til en lang bakke, hun skulle op ad, og havde skiftet ned i lavt gear for at klare bakken, men da hun koblede til og forsigtigt gav gas, kunne hun mærke, at hjulene ikke ville tage ved. De snurrede bare rundt og hvirvlede sne op, uden at bilen flyttede sig.

Det her gik simpelthen ikke. Hun var nok nødt til at vende om og køre tilbage til Dianalund og håbe på, at hun kunne finde et sted at sove i nat. Der måtte vel være et hotel eller en kro eller noget i den retning. Forsigtigt lod hun bilen trille langsomt ned til foden af bakken.

Så fik hun med lidt besvær og flere gange brug af bakgearet vendt den rundt på det smalle stykke af vejen, der var mest farbar, og begyndte langsomt at køre tilbage i den retning, hun kom fra. I radioen spillede de ”Jingle Bells”. Det er jo ellers en julesang, og det var allerede et godt stykke efter nytår, så det måtte være i anledning af snevejret, de spillede den. Den handler jo om, hvor dejligt det er at køre i en åben slæde trukket af en hest gennem det snedækkede landskab. Bente var nu glad for, at hun sad inde i en varm bil, og alligevel syntes hun ikke, at det var spor dejligt. Det måtte være en lidt syg humor, radioværten havde, syntes hun. Men han sad nok lunt og trygt inden døre i et radiostudie og behøvede ikke at bekymre sig om, hvordan det var at være ude i det selv.

Omsider nåede hun tilbage til Dianalund. Hun standsede uden for et værtshus, hun kom forbi, og gik ind og spurgte, om de også havde værelser. Det havde de ikke. Der var en kro i den anden ende af byen, sagde de, men den var lukket på grund af ombygning, sagde de. Hun havde ladet bilen holde med motoren i tomgang for at undgå nye startproblemer, og skyndte sig ud efter den nedslående besked. Så begyndte hun at køre tilbage til handicaphjemmet, hvor Karl-Erik boede. Det var den eneste mulighed, hun så kunne komme i tanker om.

Det varede lidt, før der kom nogen og lukkede op. De var jo for længst gået til ro og havde lukket for natten. Selv nattevagten, der omsider åbnede døren, så lidt klatøjet ud. Bente forklarede situationen. Jaeh, de havde jo ikke nogen gæsteværelser, hvor hun kunne sove, sagde den venlige dame. Men hun kunne sove på en briks nede i fyrkælderen, hvis hun ville tage til takke med det. Det tilbud skyndte Bente sig at tage imod. Der var jo ikke nogen alternativer.

Måske trængte hun også til et krus varm kaffe eller te efter sin tur ude i snevejret, spurgte nattevagten. Det var lige, hvad Bente trængte til, så hun sagde med glæde ja tak til det også.

Fyrrummet var temmelig stort og vinkelformet og blev også brugt til at oplagre forskellige ting, som for eksempel klapstole, små runde haveborde og en hel del flyttekasser. Bentes briks blev stillet op bag ved noget af alt dette og tæt ved oliefyret, så der var dejligt varmt. Efter at have nydt sin te, lagde hun sig til at sove på briksen, trak dynetæppet op over sig og faldt hurtigt i søvn.

Men der gik kun en halv times tid, før hun blev vækket ved at der kom nogen ned i kælderen. Det var to mænd, der åbenbart var i samme situation som hende, og også havde fået lov til at sove nede i fyrkælderen.

De to mænd kendte tydeligvis hinanden og var temmelig højrøstede. Måske havde de været på vej hjem fra en fest. De var i hvert fald langt fra ædru. Snarere selskabeligt overrislede og i højt humør. Så Bente var glad for, at deres to brikse blev stillet op lidt længere henne i kælderen. Hun havde ikke lyst til snak, ville bare sove. De havde vist slet ikke opdaget hendes briks omme bag ved nogle flyttekasser, der var stablet op i en stor bunke.

De to mænd begyndte en lang højrøstet snak om kvinder og alt det, de kunne tænke sig at gøre ved dem. – "Hvis nu vi havde en villig kvinde her - - - " begyndte den ene, og kom den anden med en fladpandet vits, der langt fra var stueren. Lidt efter fortsatte den første i samme stil.

Det var ulideligt at høre på, og Bente havde mest lyst til at bede dem holde kæft, så hun kunne få nattero. Men pludselig blev hun bange for at give sig til kende. For hvis nu det var hende, de i deres fuldskab ville kaste sig over, når de opdagede, at der faktisk var en kvinde til stede. De lød som om de godt kunne finde på lidt af hvert. Så det var nok bedre, hvis de ikke opdagede at hun var der. heldigvis lå hun jo i skjul bag den store stabel af flyttekasser.

Hun lå musestille for at de ikke skulle opdage hende. Hun turde dårligt nok røre sig den mindste smule. Hun syntes det varede en halv evighed, før de endelig holdt inde med al deres snak og lagde sig til at sove. Men endelig kunne hun høre dem snorke højlydt.

Nu kunne hun omsider selv lægge sig til at sove. Det varede lidt, før hun faldt i søvn. Hun sov uroligt og vågnede flere gange. En af gangene drømte hun, at hun var gået ind på et værtshus for at spørge om vej, og da hun så gik ud fra værtshuset igen, var der et par mænd, der fulgte efter hende. Et par rigtig grove typer. Hun satte i løb, men de løb efter hende. Hun opdagede, at hun var i nærheden af sagfører Munks kontor og spurtede derhen. Han lukkede hende ind med det samme. Det var en stor lettelse. Endelig var hun i sikkerhed og kunne slappe af. Sagføreren lagde armen faderligt beskyttende om hende og sagde at han havde en vis indflydelse der i byen, og han skulle nok passe på hende og sørge for, at der ikke var nogen, der generede hende. Hun følte sig tryg og rolig i hans arme og faldt i søvn igen med et smil på læben.

Da hun vågnede næste gang, var det morgen. De to mænd snorkede stadig højlydt. Men netop som hun skulle til at rejse sig fra briksen, lød det som om den ene af dem var ved at vågne. Eller nej, nu begyndte han at snorke igen. hun samlede sine ting sammen, og så lydløst som muligt listede hun forbi dem og hen til trappen.

Op ad trappen, finde et toilet, lidt vand i ansigtet, klæde sig rigtigt på. Da hun kom ud forbi køkkenet, duftede der dejligt af frisklavet kaffe. En venlig køkkenmedarbejder spurgte, om hun havde sovet godt, og om hun ville have morgenmad med. Det sagde hun straks ja til.

Hun blev bænket ved den ene ende af det lange bord, hvor stedets beboere spiste morgenmad. Hun nød den varme kaffe og det friske morgenbrød, og fik mere mod på det hele igen. Hun spurgte efter Karl-Erik, men fik at vide, at han plejede at sove længe, og at han i øvrigt skulle til nogle behandlinger hele formiddagen.

Lidt efter kom de to mænd fra kælderen op og skulle også have morgenmad, men heldigvis blev de anbragt helt nede i den anden ende af det lange bord.

Der blev talt en hel del om snestormen i går aftes. Men det viste sig, at vejret var slået om i nattens løb. Det sneede ikke længere, og det var blevet tøvejr, så sneen var begyndt at smelte. Udkørsel blev ikke længere frarådet, men der blev dog opfordret til forsigtig kørsel.

Bente fik en kop kaffe til, og begyndte at forberede sig på at køre hjem. Hun takkede de venlige mennesker på stedet for natlogi og morgenmad, og gik ud til sin bil. Igen var der problemer med at få den startet, og endnu en gang måtte hun have hjælp af en venlig bilist med et startkabel.

Vejene var meget bedre at køre på nu. Vejvæsenets folk havde været hurtigt og massivt ude med sneplove og fejemaskiner og saltspredere for at få ryddet de store veje. Alligevel tog turen længere tid end det havde gjort på udvejen, så det blev over middag, før hun nåede hjem til sit bibliotek. Det var almindelig arbejdsdag, og hun skulle være mødt klokken ti, så hun kørte direkte hen til biblioteket i stedet for at køre hjem først. Men hun var ikke til meget gavn. Hun satte sig til at ordne nogle gamle kartotekskort, men hun var ved at falde i søvn hele tiden.

Overbibliotekaren spurgte, om der var noget galt, og hun forklarede om turen ned for at besøge sin farbror og snestormen, da hun skulle hjem. Hun fik fri resten af dagen og besked på at køre hjem og få sovet ud i stedet for at sidde der og hænge.

Besøg hos Suzzie

Det var Suzzie, der ringede til Bente og spurgte, om ikke hun kiggede op til en gang pizza, nu da de havde mødt hinanden hos Karl-Erik. Det ville Bente gerne, så hun kunne lære Suzzie lidt at kende. De var jo faktisk i familie.

Så en af de første dage i marts havde hun fundet frem til den gade, hvor Suzzie boede. Det var en lille sidegade til Nørrebrogade ude ved Nørrebro Station. På hjørnet overfor lå der et pizzaria, og ved siden af den var der en genbrugsbutik. "Stort udvalg i genbrugstøj – Kom ind og kig" stod der. de solgte også brugte ugeblade. "Hjemmet", "Familie-Journalen" og "Ude og hjemme", den slags, så det ud til. "Brugte ugeblade – 2 kr." – "Med uløste krydsord 4 kr." stod der. i vinduet lå der et par lange sorte lakstøvler, der så meget slidte ud. "Brugte lakstøvler – str. 38 – kan godt bruges – kom med et bud" stod der.

I den anden side af vinduet var der nogle T-shirts. "Nye T-shirts – laves på bestilling". Der var tre modeller at vælge imellem: Model A – lys skidengul baggrund med en stor tegning af en stor lighter, der var ved at tænde en cigaret. Lighteren var formet som et af reaktortårnene på Barsebäck. Nedenunder stod der: Atomkraft nej tak!

Model B og C var mere enkle og næsten ens. Bortset fra, at teksten på den ene var malet på en pink T-shirt med en mørkerød farve, og den anden var malet med mørkegrønt på en neongrøn baggrund. På dem begge stod der med håndmalede bogstaver ”Støt din lokale pølsemand – eller fuck off!”.

Det var solskin og sneen var smeltet, men det var stadig vinter, så Bente havde taget den nye dyre og rigtig lækre vinterjakke på, som det havde været testamentets februar-opgave til hende at få købt.

Suzzie boede oppe på tredje sal. Der stod ”Starlait Productions” på døren. Da Suzzie åbnede, sagde hun: ”Hvor er de smart. Du ligner en halv million i den jakke.” Bente fortalte lidt om arven og de månedlige opgaver.

”Og hvad er så denne måneds opgave?” spurgte Suzzie.

”Jeg skal ud at købe smart modetøj for 5.000.”

”For 5.000? hvor er du heldig. Bare det var mig, der havde sådan en rig onkel.”

Suzzies stue var indrettet med en sofa af lyserødt læder. Det vil sige, det var faktisk en gammel sort lædersofa, der var malet lyserød, og nogle steder var malingen skallet af. Sofabordet var aflangt og malet med sort-hvide striber på skrå. Spisebordet var et lille rektangulært bord med fire klapstole. Der satte de sig og spiste pizza og pommes fritter som Suzzie havde ringet ned og bestilt. En af de ting, Bente straks havde lagt mærke til, da hun kom ind i lejligheden, var der hang et stort maleri på væggen over sofaen. Billedet var næsten to meter på hver led. Det var et, som Suzzie havde malet på en daghøjskole for unge arbejdsløse for nogle år siden. Det forestillede et par punker, der spiller elguitar – en i hver side af billedet – mens en tredje rækker et blad i overstørrelse frem mod beskueren som en opfordring til at købe bladet, der hedder ”Kalashnikof Romantics”, skrevet med bogstaver, der tydeligvis er håndtegnede og både sjuskede og lidt snørklede. På forsiden af bladet er der en tegning af en oversødt smilende og overdrevet sminket luder, der åbenbart falbyder sig til hvem som helst. Nederst i billedet står der der: ”Køb Kalashnikof Romantics – eller Fuck Off!”

Det var jo ikke lige Bentes stil i boligindretning, og i det hele taget var de jo meget forskellige på mange punkter. Også deres sprogbrug var ret forskellig. Suzzie brugte engelske ord og slangudtryk, som Bente ikke kendte, i nærmest hver anden sætning. Og så slyngede hun om sig med bandeord. En af hendes yndlings-eder var tilsyneladende en, der hed ”Pis i fandens fænghul”. Men efterhånden som måltidet skred frem, viste det sig, at de faktisk snakkede rigtig godt sammen, og de blev enige om, at de måtte ses igen.

Noget af en opgave

Bente og Suzzie var altså begyndt at mødes en gang imellem for at snakke sammen og lære hinanden lidt at kende. Når de mødtes, startede de som regel med at spise aftensmad sammen, og så sad de og snakkede om alle mulige ting resten af aftenen. Hvad der sådan lige faldt dem ind. De havde allerede mødtes et par gange. Denne gang var det Suzzie, der var vært for deres lille sammenkomst. Der var kun de to.

Suzzie havde selvfølgelig sørget for maden, og der var rigeligt. Men hun var sluppet meget nemt om ved det, syntes Bente, for hun havde bare ringet efter noget fast food. Der var pizza og pommes fritter og nogle krydrede kyllingenuggets og en slags isdessert og en flaske billig rødvin. Suzzie var vist vant til at spise meget fast food. Det var Bente ikke. Men de skulle jo lige vænne sig til hinandens forskellige måder at gøre tingene på.

De havde fundet frem til, at de skulle fortælle noget om sig selv og deres opvækst, så de kunne lære hinanden og deres baggrund lidt bedre at kende. Bente lagde for med at fortælle om ingeniørfamilien i Aalborg. Det sværeste for hende var, da hun skulle fortælle om bilulykken, hvor begge hendes forældre var blevet dræbt. Hun skulle selv have været med i bilen, men meldte fra med kort varsel. Det var jo lidt af en mundfuld. Det var ganske vist syv år siden, men hun kunne mærke, at det stadig påvirkede hende en hel del at tale om det.

Når Bente og Suzzie mødtes til deres små sammenkomster, var de begyndt at stille hinanden nogle små opgaver for sjovs skyld. Denne gang var det Bente, der havde fundet på en opgave til Suzzie. Den lød: ”Hvis du skulle lave en film om et historisk emne, hvornår skulle den så foregå, skulle den være om kendte personer eller almindelige mennesker, og hvad skulle handlingen være?”-

Den første reaktion fra Suzzie var, at det var dog en grusom lang smøre om opgaven. Kunne man ikke bare nøjes med at sige noget i retning af: ”Lav et forslag til et film om noget historisk”, spurgte hun, og det måtte Bente jo give hende ret i.

Så tilføjede Suzzies at det var da noget af en opgave at få stillet. Men okay, hun ville godt forsøge. ”Har du en idé om, hvad den skal handle om,” spurgte Bente. ”Nej,” sagde Suzzie, ”det må jeg vist først hjem og tænke lidt over.”

Så snakkede de lidt videre om, hvad de hver især havde oplevet, siden de havde mødtes sidst. Suzzie snakkede løs, mens Bente holdt sig mere tilbage. Hun havde slet ikke fortalt Suzzie noget om Christian, og heller ikke, at hun havde været ude at spise sammen med ham. Suzzie havde været i byen næsten hver weekend og havde været sammen med mindst fem-seks forskellige mænd (Bente fik ikke helt fat på antallet), som hun ivrigt fortalte løs om, uden at lægge noget som helst skjul på deres svage sider, eller der, hvor de ikke havde levet op til hendes forventninger. Det var der dog en af dem, der faktisk havde gjort, men hun havde ikke fået hans telefonnummer og han ringede ikke til hende, hvilket hun så var temmelig skuffet over.

Den vilde sommerfest

Næste gang, Bente og Suzzie mødtes, var Bente spændt på at høre, om hun havde fundet på noget med den der filmidé. Det kunne jo bare være ganske kort. Som for eksempel, at hun ville lave en film om Leonora Christine i Blåtårn, eller nogle kvinder fra modstandsbevægelsen under 2. verdenskrig, eller måske en folkelivsskildring, som hun selv havde tænkt på kunne være spændende. Hun havde læst om en bog, hvor der blev nævnt noget, der hed ”Hundemordet i – (i et eller andet gadenavn)”. det måtte man da kunne bruge som udgangspunkt for en hel tv-serie om den jævne befolknings liv i København i 1700-tallet, hvor det der hundemord vist havde fundet sted. Det var sådan noget, hun selv kunne finde på. Det behøvede jo bare at være selve ideen, ganske kort. Så kunne det da ikke være så svært at finde på noget.

Men nu havde Suzzie faktisk fundet på noget. Bente var spændt på at høre, hvad det var. Da hun hørte, hvad det gik ud på, blev hun temmelig overrasket. Suzzie havde virkelig gjort noget ud af det, og emnet var et helt andet, end Bente havde regnet med. Det skulle nemlig være en film, der foregik helt tilbage i bronzealderen for omkring 3500 år siden. Hovedpersonen – eller den centrale person i hvert fald – skulle være Egtved-pigen, for hende havde hun læst en artikel om i et blad her for nylig. Noget med, at man mente, at hun stammede fra egnen omkring Schwarzwald i Sydtyskland og så en hel masse flere detaljer. Og da hun ikke havde fundet på nogen andre gode ideer, så kunne hun jo lige så godt bruge den. Og så havde hun ellers lavet en længere beskrivelse af, hvordan filmen skulle være, og om baggrunden for det.

Det var noget med, at nede ved Schwarzwald fandtes der kobber, som man brugte til at lave bronze af ved at smelte det sammen med noget tin. Folkene dernedefra rejste vidt omkring for at sælge deres bronze, og de kom også op til Danmark. Hun forestillede sig, at de sikkert rejste af sted i en samlet flok på måske 40-50 personer eller måske flere. Der skulle være nogen til at slæbe al bronzen. Måske har de også haft nogle lastdyr til at bære den. De har måske også haft nogle andre varer med, måske nogle smykker eller nogle vævede stoffer, sagde hun.

Det har været meget sikrere for dem at rejse i en samlet flok, for der har sikkert været både røvere og vilde dyr som bjørne og ulve, der kunne overfalde dem. Der har selvfølgelig været en leder, der stod for det. Han har måske haft et par hjælpere, der hjalp ham med at holde orden på flokken. Så har der været nogle, der havde forstand på, hvordan de skulle sælge varerne bedst muligt og få mest for dem. Der har måske været nogle smukke dansepiger, der skulle vride og vende sig i en inciterende mavedans med den der store bronzeplade midt på maven, så den rigtig kunne fange solens stråler, og med et kort snoreskørt dinglende om benene, når de dansede rundt foran mændene. Altså for at besnære mændene og lokke dem til at købe ekstra meget bronze. Det har simpelthen været datidens modstykke til pole dance og go-go dansere og den slags, sagde hun. Bente tvivlede nu på, at det alt sammen var historisk korrekt. hun syntes, at noget af det lød lige lovlig kulørt, men foreløbig sagde hun ikke noget, mens Suzzie fortsatte sin beretning.

Så har der været nogle dygtige jægere, der kunne skyde nogle rådyr og harer og fugle, og nogle, der var gode til at fange fisk i søer og vandløb, så de kunne få noget ordentlig mad at spise undervejs, og der har selvfølgelig været nogen til at tilberede maden til dem. Og der har måske også været nogle drenge på 15-16-17 år, der var en slags stik-i-rend dreng, der kunne sættes til alt muligt forefaldende arbejde, som for eksempel at samle brænde i skoven til madbålet og det store lejrbål om natten, der ud over at give noget varme, skulle holde de vilde dyr som ulve og bjørne væk. De fleste af dem, og også af drengene, havde sikkert været med før, men måske var der også et par stykker, der var med for første gang. Hun havde tænkt sig, at en af disse drenge, der var med for første gang, også skulle have en vigtig rolle som filmen, så den først og fremmest skildrede hans oplevelse af den lange rejse op gennem Europa og selvfølgelig også opholdet i Danmark, der ved Egtved et sted i Jylland, hvor Egtved-pigen kom så frygteligt af dage.

Bente havde lyttet med stor interesse. Suzzie havde åbenbart sat sig ind i sagerne og læst noget om det. Bente var for eksempel ikke klar over det med, at Egtved-pigen slet ikke var fra lokalområdet, men kom helt nede fra

Sydtyskland. Men meget af det andet var nok bare noget, Suzzie forestillede sig. Alle de detaljer om, hvordan de rejste for eksempel, kunne man vel ikke vide noget om.

Nu begyndte Suzzie at fortælle, hvordan hun havde tænkt sig, at filmen skulle være.

"Jeg forestiller mig, at filmen skal begynde om foråret, når en gruppe bronzehandlere fra en landsby ved Schwarzwald begynder at forberede sig på den lange rejse. Måske skal der lige allerførst være et par korte klip, hvor man ser fremstillingen af bronzen ved at det flydende metal bliver hældt sammen – røg og damp og flammer og gnister fra bålet under de store kar, hvor metallet bliver smeltet, og hældt sammen og senere hældt i nogle støbeforme.

Fortællingen skildres gennem en af drengene, der er med. Lad os kalde ham Jan. Han er lige fyldt 15 og skal med for første gang. På en lang og farefuld rejse til fjerne egne. En kæmpe oplevelse og samtidig en slags indvielse i de voksnes verden. Han glæder sig og er spændt på alt det, han skal ud at opleve, og som han har hørt de andre fortælle om.

Han er i øvrigt også vildt betaget af en af dansepigerne – hende, der i dag kendes som Egtved-pigen. Hun er den smukkeste af alle de fem dansepiger. Jan har set dem øve sig på deres mavedans, og hende er han vildt forelsket i, selv om hun er 4-5 år ældre. Men hun ser selvfølgelig slet ikke til hans side og betragter ham bare som en irriterende barnerøv.

En dag i begyndelsen af maj drager hele den store flok så af sted nord på. man følger dem på vandringen op gennem Europa med alle de udfordringer, der skal overvindes undervejs, og nogle af de små og store konflikter, der opstår i gruppen. Og et par farefulde situationer, for eksempel hvor et par af drengene er ved at blive overfaldet af en bjørn, da de er gået et stykke væk fra lejren for at finde noget godt brænde til bålet – og det vil jo mest sige nedfaldne grene og den slags.

Efterhånden når de op til Nordtyskland og Danmark. Det har sikkert været et værre gedemarked, når de er kommet til en landsby og begynder at sælge deres bronze. Der har virkelig været gang i den.

Det har sikkert været et show uden lige. Med gøgl og tant og fjas og mavedans og mjød. Det har nok nærmest været noget i retning af de der medicine shows i Det

Vilde Vesten i USA for 100 eller 150 år siden. Sådan skal det i hvert fald skildres i filmen. De har sikkert været 3-4 dage hvert sted, måske mere.

Folk er strømmet til fra hele omegnen. Det har været sommerens største fest. Det har sikkert været et kæmpe druk- og ædegilde, hvor folk har benyttet lejligheden til at hore på livet løs med hvem, der nu havde lyst. Ikke kun mændene, men egnens kvinder har sikkert også ligget i med de fremmede mænd for at få nogle friske gener ind i den lokale genpulje og dermed undgå indavl. Det har været den store, vilde sommerfest, hvor man rigtig har kunnet slå sig løs.

Det har skabt den perfekte ramme omkring bronzesalget. Mændene er blevet revet med af stemningen og har sikkert købt mere bronze end de havde tænkt sig på forhånd. De har sikkert betalt med ravklumper, som var kostbare og eftertragtede sydpå i Europa. Det har været datidens hårde valuta, som det til gengæld har været relativt let at skaffe sig langs de danske kyster.

Dansepigerne har været et fantastisk syn, når de vred og vendte sig i deres mavedans og den store bronzeplade, de havde på maven, fangede solens stråler og glitrede som det pure guld. Som det oplagte symbol på solskiven, der sikrer vækst og frugtbarhed på markerne.

Måske har dansepigerne også danset en personlig dans med bronzekøberne. En slags lapdance, men måske endnu mere intim. Måske har mændene ovenikøbet fået en tur i høet sammen med deres foretrukne dansepige, hvis bare de købte bronze nok. Den gang har de sikkert haft et meget friere forhold til den slags. De har ikke haft senere tiders mere snerpede moralbegreber.

Det er nok også her, at løberdrengene kommer ind i billedet. Det er nogle af drengene, som for eksempel Jan, der havde en vigtig funktion her. De havde jo ikke nogen ure dengang – og hvordan så sikre, at alle mændene fik nogenlunde lige meget tid sammen med deres udvalgte dansepige? Så der ikke var nogen af dem, der blev sure og brokkede sig over, at "ham der fik meget længere tid sammen med hende, end jeg gjorde."

Der var brug for en slags tidsmåler. Her har man brugt løberdrengene. Når mandens tid sammen med dansepigen startede, blev en løberdreng sendt af sted i en bestemt retning, og han skulle så løbe hen til et karakteristisk sted i landskabet, i passende afstand, og så løbe tilbage igen. Når han så kom tilbage til stedet, hvor det hele foregik, var mandens tid med dansepigen slut. Det var selvfølgelig hver gang den samme strækning, der blev løbet.

Det lyder måske temmelig plat og vulgært, at det skulle have været på den måde," fortsatte Suzzie, "men hvorfor egentlig ikke? Jeg tror slet ikke, at fortidens mennesker har været sådan nogle renskurede spejderdrenge, som nogle af historikerne åbenbart mener. Dengang har de sikkert været lige så durkdrevne i deres forretningsmetoder og har brugt lige så mange platte og billige tricks for at få solgt deres varer som senere tiders mest udspekulerede handelsmænd og krejlere."

Bente afbrød Suzzies lange beretning: "Men det er jo bare noget, du forestiller dig. Du siger, at du tror det har været et værre gedemarked og et kæmpe show og stor drukfest. Men det ved du jo ikke. Der er ikke nogen af arkæologernes udgravninger, der tyder på det. Du ved slet ikke, om det er foregået på den måde. du ved ikke, om samfundsstrukturen har været sådan, at alle bare kunne samle rav og købe bronze og feste sammen med hvem, de ville. Eller om der har været en meget mere streng og hierarkisk samfundsstruktur, sådan som det har været i de fleste samfund. Måske er det kun storbønderne fra datidens overklasse, der måtte samle rav, fordi det var værdifuldt, og det er sikkert også kun dem, der har haft råd til at købe bronze. Langt de fleste har været trælle og har ikke kunnet købe noget bronze. Så der har slet ikke været basis for at sælge ret meget af det, og derfor har der heller ikke været brug for alle mulige vilde ting for at få det solgt.

Mon der nogensinde har været et samfund, hvor alle bare kunne feste løs med alle, sådan som du beskriver det. Det skulle da lige være her i vor tid, for nogle årtier siden, i de glade 60'ere. Det er jo bare en fantasi om, hvordan det har været. Du aner ikke, om det er historisk korrekt."

Suzzie så på hende: "Nej, og ved du hvad. Det er jeg også tindrende ligeglad med."

"Hvad," udbrød Bente, "er du ligeglad med, om det er historisk korrekt?" hun lød virkelig forarget.

"Ja, for det er ikke det, der er mit ærinde med det. Jeg tror ikke, du forstår, hvad det er, jeg vil med filmen."

"Hvad er det da, du vil?"

”Jeg vil give folk en oplevelse. Tilskuerne. Fortælle en god historie. Det skal nok mest være en billedbaseret film, mere end en handlingsfilm. Især i den del med bronzefesten. En sansemættet og stemningsskabende film, der taler til følelserne. En hyldest til solen og sommeren og festen og rusen og erotikken. Kald det bare naivt. Kald det bare 60’er-agtigt. Kald det bare hippie-agtigt. Målet er at forføre tilskuerne til at opleve det, som om de selv er med til den 3-4-5 dage lange, vilde, berusende solfest. Måske ikke som en af bronzekøberne. Som en af de mere jævne lokale beboere. Eller to af dem, en kvinde og en mand.

Jeg forestiller mig for eksempel også, at der skal være en scene med en rigtig smuk sommermorgen, hvor solen er på vej op og folk begynder at vågne, der hvor de har ligget og sovet, nogle af dem måske to, der ligger tæt sammen og vågner og kærtegner hinanden blidt efter at have festet om aftenen. Og så går dagen lidt mere i gang, da der klippes til de fem dansepiger, der stiller sig op i et afsides hjørne af pladsen og øver sig på deres mavedans, og danser bare for sig selv og hinanden og falder ind i en fælles rytme, så det er som en stor fælles bevægelse – som en opvarmning til dagens aktiviteter – men stadig med den der stemning af tidlig sommermorgen med det specielle lys, der er, og mågerne, der kredser rundt oppe på himlen, som de gør tidligt om morgenen.

Så hører man lidt flere morgenlyde henne fra pladsen, og nogle, der kalder hinanden hen for at spise morgenmad, der sikkert er noget grød, der bliver øst op i nogle små skåle fra en stor gryde over et bål. Lidt efter er der sikkert et par stykker, der skændes om noget, eller skælder ud på hinanden – og så klippes der væk fra den lange morgenscene og til de andre ting, der sker i løbet af dagen, hvor der er mere gang i den, og det hele foregår mere direkte og lige på og hårdt, når bronzesalget begynder.

Her forestiller jeg mig også et par særligt intense scener, sagde hun. Hippiernes glade "summer of love" gange ti. Noget i den retning. Fuldt knald på.

Hun blev danset ihjel

Og så kommer kontrasten. Det foregår jo på det sted, hvor der sker alt det der forfærdelige med at Egtved-pigen dør. Festen er slut – og endt i tragedie.

Gruppen af drenge, som Jan er med i, diskuterer, hvorfor hun døde.

"Udmattelse. Alle mændene ville have hende. Hun var i gang næsten døgnet rundt i en hel uge. Med konstant mavedans og vild sex, næsten uden mad eller søvn, kun holdt oppe af store mængder af opkvikkende urtedrikke. Det er der ingen, der kan holde til," siger en af dem.

"Hun blev danset og horet ihjel. Så simpelt er det," siger en anden.

Drengene taler om, at de andre dansepiger var misundelige, fordi hun var den mest populære. Der er flere, der har hørt pigerne tale om det.

Jan har hørt en af de andre dansepiger spørge en klog kone fra egnen, om hun ved, hvor der vokser en bestemt plante, som alle ved er meget giftig.

De andre siger, at han skal gå til lederen af hele flokken og fortælle ham det.

En af de andre drenge siger, at han har hørt nogen snakke om, at en af dansepigerne havde forelsket i en af de lokale mænd, der ville købe bronze, men han skulle lige skaffe nogle flere ravklumper først, og imens havde han gået og flirtet med hende de næsten to dage, men da han så havde rav nok til at købe det bronze, han ville have, så havde han alligevel valgt Egtvedpigen og havde været helt ligeglad med hende den første, der var blevet helt syg af skuffelse og jalousi.

Det skal han også sige til lederen, siger de andre.

Drengene diskuterer frem og tilbage, om det er en af de andre dansepiger, der har dræbt Egtved-pigen med noget forgiftet urtedrik, eller om hun er død af udmattelse.

Jan har i øvrigt fået en god ven blandt de andre drenge. Han hedder Peter og er et år ældre.

Så klippes der til dagen efter.

Vejret er skiftet. Nu er det helt anderledes end dagen før. Ingen solskin, men tunge grå skyer og mørkt i vejret. Alle har travlt med at pakke deres ting sammen, så de kan komme videre til det næste sted. Det er blevet hverdag.

Sidst på formiddagen er de klar til at drage videre, og der bliver kaldt til afgang. Langsomt sætter gruppen sig i bevægelse. I starten går de i gåsegang ad en smal sti.

Fokus på Jan og hans ven Peter, der går sammen.

Peter: ”Han var vist hård ved dig i aftes, ham lederen, da du fortalte ham det.”

Jan: ”Ja, han skældte mig ud for alt muligt og sagde, at det ragede ikke mig, og at jeg skulle lade være med at blande mig i ting, der ikke kom mig ved."

Peter: "Og du troede jo, at du måske var med til at opklare, hvorfor det var gået sådan med hende, der døde."

"Men det ville bare skabe flere problemer, hvis han begyndte at grave i det, sagde han. Nu gjaldt det bare om at komme videre, sagde han, og jeg skulle lade vlre med at gruble over sådan noget og bare nøjes med at gøre det, jeg fik besked på."

Peter: "Sådan er det tit med de voksne. Man tror, man har gjort det så godt, og så får man bare skældud. Eller de beslutter noget, men ikke forstår, men som man alligevel er nødt til at rette sig efter, fordi det er dem, der bestemmer. – Men det skal nok gå alt sammen, bare vi holder sammen og hjælper hinanden.

De går lidt i tavshed. Så siger Peter: "Jeg har to af de der små bregnerødder, du ved dem, der hedder engelsød og som smager så godt. Vil du have den ene?"

Jan nikker og Peter giver ham den ene af dem. Man ser dem gumle lidt på dem i tavshed.

Der zoomes ud, så man ser en række af dem, der kommer gående i gåsegang – et udsnit af rækken, hvor der er 5-6 personer foran Jan og Peter og tilsvarende bag dem.

En lille spinkel mand med en stor tung bylt på nakken, ud over de ting, han bærer på ryggen og i hænderne, spørger en stor kraftig mand, der går lige foran ham i rækken: "Hvor langt er der til det nye sted?"

Den store, kraftige mand siger: "Lad mig tage den der." Så spænder han den tunge bylt af den lille og tager den selv på nakken, hvor han med lethed kan bære den sammen med sine øvrige ting. Så siger han: "Det bliver nok hen ad aften, før vi er der."

Der zoomes mere ud, så man ser hele gruppen gå i gåsegang som små sorte figurer på en lang række i bunden af billedet. Resten af billedet viser de grå skyer, der dækker hele himlen.

Det er filmens slutbillede, og bruges som baggrund for at vise slutteksterne med navnene på skuespillerne og alle de andre, der har været med til at lave filmen."

Endelig var Suzzie færdig med sin lange beretning om filmen. Bente vidste ikke helt, hvad hun skulle mene om det. Det var nok ikke lige den måde, hun ville have lavet sådan en film på. Der var lidt for meget Fellini og den slags vild tresseragtig stemning over det, syntes hun. Og så havde Suzzie jo bare digtet løs ud fra sin egen fantasi om det. Det var ikke særlig seriøst. På den anden side var hun imponeret over, hvor meget Suzzie havde gjort ud af det. Hun havde virkelig engageret sig i det, meget mere end hun havde behøvet.